KB024383

울고 싶은 마음 달래러 우리, 나갈까요?

우리, 나같가요?
울고 싶은 마음 달래러

ⓒ조강산, 2017

초판 1쇄 인쇄 2017년 9월 22일
초판 1쇄 발행 2017년 9월 29일

지은이 조강산
책임편집 조혜정
디자인 그별
펴낸이 남기성

펴낸곳 도서출판 쿵
인쇄,제작 데이타링크
출판사등록 신고번호 제 2016—000310호
주소 서울 특별시 마포구 월드컵북로 400 2층 20호 P—2
대표전화 (070) 7555—9653
이메일 sung0278@naver.com

ISBN 979-11-88345-22-9 03800

이 도서의 국립중앙도서관 출판예정도서목록(CIP)은
서지정보유통지원시스템 홈페이지(http://seoji.nl.go.kr)와
국가자료공동목록시스템(http://www.nl.go.kr/kolisnet)에서 이용하실 수 있습니다.
(CIP제어번호: CIP2017024823)

이행에세이

울고 싶은 마음 달래러
우리, 나갈까요?

조강산 지음

쿵

말의 이면을 들여다보며

단어의 뜻을 새로이 씁니다.
아니, 어쩌면 그 단어의 본 모습을, 진심을
다시 전달합니다.

왜 '우울'이라는 단어는 슬퍼야 하며,
왜 '비극'이라는 단어는 비참해야 하고,
왜 '사막'이라는 단어는 황폐해야 하는지,
반항하고 싶었습니다.

어떤 단어도 한 가지 의미로만 해석되지 않습니다.
단어의 의미는 문장의 맥락 속에서 존재하고,
우리의 해석 안에서 깨어납니다.

우리는

'불안'에서 위안을 찾고,

'포기'에서 도전을 찾고,

'위기'에서 기회를 찾으며,

'패배' 속에서도 성장합니다.

누군가는 틀렸다고 말하겠지만 우리는 고집스레 다르다고

말했으면 합니다.

2017년 가을 언저리에서

조강산

1장

절대로 겨울에 약해지지 마

계속 찾아올 봄이니까

겨울이 와서 따뜻하다

해가 짧아지니 겨울이 온 듯하고, 밤이 길어지니 우울이 올 것 같은데, 여기서 쓰러지기엔 청춘이 아깝고 여기서 멈춰 서기엔 당신이 너무 반짝이네요.

겨울이 오면 어때요. 땅이 얼고, 가지가 마르고, 생명들이 숨어들겠지만 여전히 별들은 빛나고 여전히 당신에겐 꿈이 있는걸요. 당신의 소망과 바람과 희망과, 꿈과 목표와 열정이 얼어붙지 않았으니 당신은 여전히 푸를 수밖에요.

그래도 추운 건 어쩔 수 없다며, 밖에 나가기 싫다며, 애써 부정적인 태도로 겨울을 비관하겠지만, 그래도 난 당신을 괴롭히는 이 계절이 좋아요. 겨울은 당신을 따뜻한 사람으로 만들거든요.

당신의 태도는 당신을 속이고 있어요. 누군가에게 춥지
말라고 목도리를 선물했던 계절이 또 있나요? 작은 손난
로의 온기도 함께 나누려 손을 마주 잡은 계절이 또 있
나요? 감기 걸리지 말라며 따뜻한 유자차 한 잔 건넨 계
절이 또 있나요? 봐요. 이미 당신은 추워지는 세상에 따
뜻한 사람이려 노력하잖아요.

겨울이 오네요.
당신이 누군가에게 따뜻할 수 있는 계절이네요.

시 작은 미약해도 그 끝은 창대하다며,
작 은 것부터 시작해볼까?

늘 시작부터 욕심이 나나 봐요.
처음부터 거창해질 미래를 그려놓고는
너무 커서 시작할 엄두도 안 나게 하잖아요.

아무 생각 없이
정말 작은 일부터 해보는 게
어떨까요?

겁이 나요.
도망치고 싶어요.

그러나 우리는 알고 있어요.

무언가를 해낸다는 건
'도전' 없이는 불가능하다는 것을요.

당신이라면,
전부 해낼 수 있을 거예요.

오늘은 맑음이랬는데,
비가 내리네요.

소나기인가 봐요.
금방 지나가겠죠?

보세요! 저기 무지개가 떴어요!

당 장벽 앞에 부딪혀 헤맬지라도

구 르고 굴러 닿을 때까지

오늘도 벽에 부딪혔어요.

앞으로 가기가 왜 이렇게 힘들까요?

사람들이 세 번은 부딪쳐봐야 된대요.

그래야 성공한다나?

그래서 일단 해보기로 했어요.

남산 계단 올라보셨어요?

머리 좀 식힐 겸 오르는데,
머리가 핑- 도네요.

숨도 차고 경사도 가파르고….

친구가 가위바위보를 하면서 오르자 하네요.

보세요! 저 벌써 여기까지 올라왔어요!
한 계단씩 오르니까 별거 아니네요.

끝이 안 보이네요.

이미 지쳤어요.

더는 못 갈 것 같아요.

저 멀리 뭔가 보여요!

혹시 저거 '오아시스' 아닐까요?

저기까지만 힘내볼게요.

넘어졌어요.
그렇게 넘어진 채로 잠시 누웠어요,
바닥이 너무 편하네요.

한참을 쉬고 있는데, 문득 떠올랐어요.
내가 무얼 위해 달리고 있었는지.

다시 일어나야겠어요.
이 바닥은 제 자리가 아니거든요.

신도 우릴 만들 때 노력했대요.
기적적으로 우리가 짠! 하고 나타난 게 아니래요.

우리도 조금만 노력하면
기적 같은 일이 생기지 않을까요?

우리의 존재가 이미 기적인걸요.

극 한 상황일수록
복 잡하게 생각하지 말고, 너 자신을 믿어

주변 사람들도 당신을 믿을 거예요.

나도 당신을 믿거든요.

비 찬했던 모든 순간들이
극 적인 엔딩을 위함이리라

지금 힘든 건

당신이 인생에서 중요한 전개에

접어들었다는 뜻이래요.

기·승·전·결 중에

지금은 기·승 구간이에요.

지금의 어려움들이 당신을

절정의 순간으로 데려다줄 거예요.

어떤 엔딩이 나올지 궁금하지 않아요?

다 음엔 더 잘할 수 있을 거야
시 원하게 털어내고 일어나자

기회는 다시 올 거예요.

우 리, 나갈까요?
울 고 싶은 마음 달래러

슬퍼 보이네요.
무슨 일인지 궁금하지만, 묻지는 않을래요.
슬픈 일을 다시 떠올리게 하고 싶지 않거든요.

그저 친구라는 이름으로 당신 옆에 있을게요.
나와 함께 걸어요.

차분한 밤공기가
당신의 마음을 안아줄 거예요.

역 경에 굴복 않는 집념이

전 혀 다른 결과를 만든다

"끝날 때까지, 끝난 게 아니다."

- 요기 베라 -

불 어나버린 걱정이야
안 아주면 괜찮아질 거야

네가.

가진 게 없다고 하지 마
능력은 네 안에 있어

가능성은
만질 수도 없고,
눈에도 안 보여요.

하지만, 있다고 믿으면
분명 보일 거예요.

가능성이 보이나요?

반 듯한 인생이
항 상 옳은 건 아니다

우리는 틀어짐에서
다름을 찾고,

다름에서
나를 찾아요.

포 기하겠다는 말, 진심이야?

기 세등등하던 너는 어디 갔어

오 늘만큼은
기 필코 해낸다

당신은 제게 있어서

정말 정말 정말 정말 정말 정말 정말 정말 정말 정말
정말 정말 정말 정말 정말 정말 정말 정말 정말 정말
정말 정말 정말 정말 정말 정말 정말 정말 정말 정말

중요한 사람이에요.

쌩쌩 달리다가도
목적지에 다다르면 겁이 나요.

주차를 잘 못하거든요.
그래도, 해봐야 늘지 않겠어요?

선을 넘으면 부딪힐 일이 생길 테니
신경 써서 해봐야죠.

미루지 않으면
다 할 수 있는 거 맞죠?

돌아오라고 기도했어요.

한참을 기다려도 오지 않더니
포기하려던 차에 나타났어요.

왜 이리 늦었냐는 물음에
돌아서 오느라 조금 늦었다네요.

어찌됐든 이뤄졌어요.

밑져야 본전이죠.

매 번 아침 햇살을 맞으며
일 어나는 건, 기적 같은 일이야. 감사하며 살아

매일 일어나는 기적.

한 번만 넘기면

누구도 당신을 막지 못해요.

그대로 끝까지 달려요.

탐 탁지 않겠지만, 모험이
험 난하기도 해야 이야기가 재밌지

분명 멋진 이야기가
나올 거예요.

비록, 세상에서 잊힌다 해도
누군가를 위한 삶을 살겠어

깨끗한 세상을 만들 거야!

아무리 삶이 엉망이래도

아무 목적 없이 이곳에 왔겠어요?

이곳이 너무 망망대해여서

잠시 뒤를 돌아본 것뿐이에요.

앞으로 가기가 무서웠거든요.

지금 '행복'하다고 해서
'불행'이 안 올 것 아니고,

지금 '불행'하다고 해서
'행복'이 안 올 것 아니죠.

시 련과 고난과 아픔이
간 절히 지나가길 원하니

시간이 해결해주겠죠…?
그렇게 믿을래요.

졌어요, 또.

아니,
커졌어요, 더.

지면서 성장 중이에요.

위 기를
기 회로

당신이 위태로울 때면

주문처럼 외워봐요.

응 어리 남지 않게
원 없이 소리 질러

한 번만 넘으면
계 속 넘을 수 있어

노을이 지더니 이내 어두워졌어요.
태양은 왜 맨날 질까요?

밤이 돼서 외국에 있는 친구에게 전화를 걸었어요.

맙소사! 태양이 떠올랐대요!
지는 동시에 떠올랐대요!

열 심히 일한 대가는
매 순간 조금씩 자라나

한 번에 많은 것을
바라진 마세요.

시기 이른 과욕은
떫을 뿐이죠.

방전이 됐는지 눈을 깜빡깜빡 하네요.

이리 와요, 충전해줄게요.

다시 피어나겠다고
약속해줄래요?

당신,
친구 하나는 잘 둔 것 같아요.

이름이 '노력'이랬나?

의리 있는 친구더라고요.
배신당할 일은 없겠어요.

속 력만 높여선 멀리 못 가

도 중에 쉬어가기도 해야지

휴게소에 들려 핫바라도

하나 먹어야 힘이 나죠.

물론, 핫바 때문에 쉬자는 건 아니고요.

당신의 값진 능력은
측량할 수 없는걸요.

'이 정도면 되겠지.'라는 말은
주어진 시간과 노력을
모두 소진한 다음에 쓰는 말이에요.

바람이 불고,

비가 내리고,

해가 비추니,

싹이 났어요.

당신에게도 비바람이 필요했을 거예요.

허리 펴고 앉아요.
표정도 좀 피고요.

가장 중요한 자세는 마음의 자세래요.

조금은 힘들고 금세 틀어지지만
노력해봐요.

혹시 알아요. 당신 인생도 활짝 필지.

동네 뒷산에 오르고 있어요.
만만해 보였거든요.

밑에서 볼 땐 낮아 보였는데,
한참을 올라도 끝이 나오질 않네요.
내려가고 싶은 마음이 굴뚝 같아요.

방금 지나간 아저씨가 그러는데
5분만 더 가면 정상이 나올 거래요.

5분만 더 힘내볼게요.

처음부터 잘하는 사람이 어디 있나요.

처음부터 잘해야 하는 것은
마음먹기뿐인걸요.

어떠한 나무람에도
처음 먹은 그 마음 변치 않는 게 중요하죠.

실 수를 보았다고 전부를 본 것이 아니니,
망 했다 자책 말고 실망이라 일컫지 마라

자 신의 크기가 얼마만 했는지도 잊은 채

갈 수록 작아지지만, 본질은 변함없더라

세상아 덤벼라!
큰 소리 칠 때가 있었는데

거대한 세상은 꿈쩍도 않네요.

결국은 상처 입고 도망가는 모습으로
뻔한 결말을 맞이해요.

매번 울며 다짐하지만
언제쯤에야 세상을 무너트릴 수 있을까요.

혹, 그럴 날이 오려나요.

우 는 하늘도 막아서는데
산 들바람에 뒤집힐쏘냐

하늘 높이 치켜들어
너의 능력을 펼쳐봐.

자 기 안에 온갖 희망 품어
신 념 갖고 감을 잃지 말길

자신에 대한 자신감으로.

가 만히 두면 알 수 없어
치 켜들어 높이 빛나 봐

어떻게 너 같은 보석을
원석으로 놔두겠니?

2장

행복이 함께하는 시간

여기서부터 저기까지

밝은 빛을 한참 바라보다 눈을 감으면 까만 어둠 속에 불빛이 남아 있잖아요. 뚜렷하진 않지만 분명 존재하고 있어요. 눈을 감아도 보인다는 것은 그것을 잊고 싶지 않음에 내 몸이 알아서 기억해주는 것 아닐까요? 그대를 보고 눈을 감아도 그대가 떠오르는 것처럼.

단어도 그래요. 하얀 종이 위에 글자를 적어볼게요. 자음과 모음을 정성껏 내리 그어서 '여행'이라는 단어를 적어볼게요. 이제는 그 글자를 한참 내려다보아요. 그러곤 눈을 감아봐요.

무엇이 보이나요? 글자가 보이나요? 아니, 그건 아닐 거예요. 글자와 불빛은 다르니까요. 그렇지만 빛이 아닌 다른 형태로 글자 너머에 무언가 느껴져요.

잔상. 빛보다 강한 잔상.

'ㅇ,ㅕ,ㅎ,ㅐ,ㅇ'이라는 자음과 모음의 개별적 나열이 아
닌 '여행'이라는 집합적 의미와 해석으로 머릿속에 그려
져요. 경이롭던 여행지의 풍경들, 그 시간 그 장소의 바
람 냄새, 함께 걷던 당신, 그날의 감정까지.

겨우 두 글자가 과거의 모든 기억들을 불러내 뚜렷한 잔
상으로 남기네요.

빛보다 강하게.

오 늘, 먼저 말 걸어봐

해 보면 별거 아냐, 금방 풀려

어젠, 미안했어요.

여 기서부터 저기까지
행 복이 함께하는 시간

마음먹은 순간부터 우리는
이미 여행 중일 거예요.

입꼬리는 올라갔을 거고요,
마음은 붕 떠 있겠죠.

비행기를 탄 것마냥 저 멀리 떠나 있겠죠.

누구와 함께 떠날지도 상상해볼 테죠.

도착하면 무엇을 할지
어디에 묵을지
어떤 음식을 먹을지

고민해야 하는 게 한두 가지가 아니지만
이렇게 행복한 고민도 없어요.

아직 가지도 않았는데 말이죠.

'우물 안 개구리' 다들 아시죠?
어리석은 것 같아요.
세상이 얼마나 넓은데 왜 그러고 살까요?

전 여기서 나갈 거예요.

그런데, 여기 원래 이렇게 높았었나요?

누가, 밧줄 좀 내려주세요….

정 해진 대로 사는 것만큼
답 답한 일이 또 있을까

제 인생은 답이 없어요.
불쌍하다고요?

오해 말아요.
자유롭다는 뜻이에요.

제 인생 제 마음대로 살 거예요.

문득, 영화 속 주인공처럼
살고 싶었어요.
화려하고 멋있잖아요.

극장에 달려가 가장 멋진 영화로
표를 끊었어요.

영화 보는 내내 가슴이 떨렸어요,
너무 행복했어요.

그런데, 한 시간 조금 지났나?
끝나더라고요.
너무 아쉬워요.

끝나지 않는 영화 좀 추천해줄래요?

아 름답고 예쁘게 핀 하늘이지?
침 착해, 네가 누릴 오늘이야

오늘이 너무 설렌다.

운 전대는 진실을 말해요
'전 원래 이런 사람입니다.'라고

오늘도 스스로를 몰아가네요.

"찰칵" 하는 소리가 너무 좋아요.

우리의 추억이 만들어지는 소리잖아요.

기 쁘다가도 슬프고
분 하다가도 차분한

나조차 내 기분을 모르겠어요.

평 범한 시간인 만큼
소 중한 시간이리라

아침 햇살이 절 깨우네요.

새 옷을 입었어요.

날씨가 좋네요.

버스가 딱 맞춰 도착했어요.

카페에 앉았는데 좋아하는 노래가 흘러요.

당신은 제 앞에 앉았고요.

평소처럼.

특 별한 일을 하는 사람이 아니라
별 거 아닌 일도 특별하게 만드는 사람이다

나 에게 가장 젊은 날은
이 시간 바로 오늘이다

간 단히 먹는다며,
식 사를 하시네요

간단히 먹은 거 맞는데요?

어 차피 돌아오지 않아
제 대로 앞만 보며 살자

지나간 일들은
그저 추억이기를.

여기서 나가긴 글렀어요.
부딪혀도 3초면 잊어버리거든요.

주어진 밥 먹으면서
아등바등 헤엄쳐야겠지요.

양 의 탈을 썼어도
심 장은 늑대잖아

세상에는 위험한 늑대들이 많아요.
거칠고 으르렁대는 이들이요.

하지만 그들보다 더 위험한 존재가 있어요.

자신이 만들어낸 페르소나를 쓰고
세상을 살아가는 사람들이요.

속에서 뛰는 심장은 여전히 늑대의 것이면서
순한 양의 모습으로 다가오죠.

애초에 늑대의 모습이었다면
미리 알아채 피할 수 있겠지만
그들은 그렇지도 않아요.

보름달이 뜨면 거친 본성을 드러낼 테죠.

보 이지도 않는
통 념에 사로잡혀, 이상을 못 보는 것

보통처럼만 살고 싶어요.

더 큰 꿈을 가지라고요?
됐어요.

다들 그렇게 살던데요. 뭘.

커 다란 짐 다 잊고,
피 식하며 웃을 수 있는 너와의 시간

마주앉아 수다 한 잔

※ 준비물 : 커피(2), 당신(1)

우린 때로 나무에 심취해
숲을 잊는 경우가 있죠.

마찬가지로

'나'에 심취하면
누구도 보이지 않더라고요.

무 엇 하나
시 시한 것 없다

무시하지 말아요….

나도 알고 보면 무시무시하다고요!

흥!

욕 망에 빠진 사람은
심 해마저 깊은 줄 모르니, 그 마음은 얼마나 얕으리

내려가보려고요.
뭐가 있는지 궁금하지 않아요?

어두워서 잘 보이질 않네요.
더 가까이 가봐야 알 것 같아요.

…

저기요!
아직 거기 있어요?
이곳에선 제 옆 사람마저 보이질 않네요.

우주 넓은 이 땅 위에 어깨동무 인연인데
리본 하나 푼다 한들, 두 발 맞춰 못 걸을까

체육대회였어요.
2인 3각을 하는데
다리에 묶은 리본이 느슨했나 봐요.

친구와 어깨동무를 하고 출발하는 순간
리본이 풀려버렸어요.

하지만 우리는 아무 일 없다는 듯
두 발 맞춰 뛰어갔어요.

어깨동무는 풀리지 않았거든요.

내가 왜 어른이 된 거죠?

그때, 어른이 되고 싶다고 말한 건
장난이었어요.

어른이 이런 건지 몰랐단 말이에요.

그때로 돌아가고 싶어요.
되돌려주세요.

저, 아이로 되돌아간 거 맞죠?

마음이 그때와 같은 걸 보니
맞는 것 같아요.

실 력이라 인정하는 것은
수 치스러운 일이 아니다. 성장하겠다는 의지다

누구나 '인정'하지만,
누구나 '실수'하진 않아요.

'실수'와 '인정'의 자리가 바뀌었다고요?

그럴 리가요!
전 실수하지 않았다고요!

피 할 수 없는 야근에 회식에,
곤 드레만드레 취해버린 오늘

오늘따라 하루가 기네요.

육 체적으로 힘든 건
아 무것도 아니야, 내가 널 사랑하니까

저도 사랑해요.

저 마다 기준에 맞춰 비교하는 세상,
울 음이라도 덜어내면 수평이 되려나

오늘도 울었어요.
여기저기서 비교당했거든요.

뭐가 부족한 걸까요?

저와 세상 중에 잘못된 게 있는 것 같은데….

아마도 저겠죠…?
세상이 잘못됐을 리 없잖아요.

대화로 풀자고 했잖아요.

이게 대화가 맞나요?

햇 빛의 따스함을 느껴봐
살 아 있다는 게 느껴져?

살아가면서,

살아 있음을 느껴본 적 있어요?

오 래전부터,
늘 바라던 그날

오늘은
어떤 하루였나요?

만족스러웠을 수도 있고,
지나가기만 바랐을 수도 있고,
그저 그런 날일 수도 있었겠죠.

다만, 한 가지 분명한 것은

지난날 과거의 당신은
오늘의 당신을 빨리 만나고 싶어 했다는 거예요.

어른이 되고 싶다.
내일이 되었으면 좋겠다.
빨리 여름이 왔으면 좋겠다.

…

그토록 바라던 오늘이 되었어요.
오늘은, 당신이 바라던 그날이 맞나요?

어차피 사라질 거
아끼지 말고 펑펑 즐겨요.

다 소중한 추억으로
적립될 거예요.

조 금 잘났다고 티 내지 말고,

화 합해 함께 어우러져야지

인생은 '독주'가 아니라

'합주'니까요.

이 를 가는 사이가 아닌
웃 음이 함께하는 사이

마주치면 인사 한 번 어때요?

"안녕하세요."

봐요! 웃어주잖아요.

조언

조 심스레 건넨 말이야
언 짢아하라는 말 아냐

당신보다 잘나서가 아니라,
당신이 잘 되었으면 해서요.

자 주 혼란스럽고 헷갈려
아 직도 나를 잘 모르겠어

나는 누구일까요?

무얼 바라는 걸까요?
무얼 꿈꾸는 걸까요?
무얼 그리는 걸까요?

알려주세요.

고 민에 빠진 건지
독 안에 든 건지, 어쨌든 혼자

생각을 했을 뿐인데,
그 안에 갇혀버렸어요.

이곳엔 저뿐이네요.

소 중히 품은 바람이여,
원 없이 불어와 이루어져라

바람 한 점 없이 날씨가 좋네요.
모든 바람이 이루어졌나 봐요.

오늘은, 당신을 만나야겠어요.

이루어질 것 같거든요.

화 나게 해서 미안해
해 선 안 될 말을 했나 봐

해보니까 정말 별거 아니네요.

그녀와 다시는
얘기하지 못할 줄 알았어요.

지금의 '나'로 사는
방법이래요.

그런데,
과거를 다 떨쳐내면
나를 '나'라고 말할 수 있을까요?

온 세상이 따뜻해지려면,
도 대체 무엇이 바뀌어야 하나요

날씨인가요.
사람인가요.

방 법을 찾고 싶어
황 무지 삶에서 나가는 법

오늘은
일탈을 해볼 거예요.

일단 집에서 나오긴 했는데,
어디로 가야 할까요?

목적지 없이 이리저리 돌아다녔더니
힘들고 지치네요. 평소처럼.

제가 일상에서 벗어난 게 맞나요?

불 만 가득한 사람은 말한다
'행 복은 없다.'라고

에이, 그거 다 거짓말이에요.
행복한 척하는 거라고요.

다들 웃으면서 속으론
걱정, 근심이 가득 할걸요?

행복은 없어요.

비 바람이 분다고 날개 꺾이진 않는다
행 복하지 않다고 인생 끝난 게 아니듯

온 도차가 나야만 따스함을 느끼듯

기 다림이 있어야 반가움을 느낀다

인간적으로 산다는 건
잘못된 말일까요?

한 번의 인사가

세상을 바꿀 수도 있죠.

지 금 여기가 어딘지 모르는데
도 대체 어디로 가라는 말이야

내비게이션이 고장 났어요.
낯선 곳인데…. 종이 지도 한 장 있네요.

문제는 현 위치가 어디인지 나와 있질 않아요.

혹시 여기서 어디로 가야 하는지 아세요?
살면서 여긴 처음이거든요.

배 움의 씨앗은 세상에 심겨
움 츠러든 봉우리를 피워낸다

오늘 하나 배웠어요.

우리는 '꽃'이고
결국 피어날 거래요.

'생 각 좀 하고 말해.'라고 하지 말아요
각 자의 생각은 소중해요

'다름'은
'틀림'이

아니니까요.

선 택에 불만 말아요
택 한 건 당신이니까

책임지는 건 당연한 거죠.

제가 택한 일인걸요.

...

그런데, 진짜 한 번만 바꿔주면 안돼요?

진짜 실수예요.

딱 한 번만요.

단 면만 보고 판단하면
점 점 멀어질 뿐이야

사람들은 왜 단점만 보고
떠나갈까요?

좋은 모습 많이 보여도,
단점 하나에 마음 변하더라고요.

고 스란히 남겨진
민 감한 질문들

건드리면
'톡' 하고

터질 것만 같아요.

행 복해져야 한다는
복 잡한 생각을 버려. 그럼 돼

*임무 : 욕심, 불만, 질투(을)를 버리시오.
*보상 : 행복

다 버리고 나면
다시 채워질 거예요.

행복으로.

차를 샀어요.
이제는 더 빨리 질주할 수 있어요.

앞만 보고 달릴 거예요.

아차! 사고가 날 뻔했어요.
빨간 불인지 몰랐어요.

빠르다고 좋은 게 아니었네요.

금 전

방 사라질 돈이
부는 아니잖아

금전적인 가치보다는

당신만의 가치를 만들어봐요.

만일 내가 성공한다면, 행복할 거야.
만일 내가 행복하다면, 성공한 거야.

어떻게 보면
가능할지도 모르겠어요!

현 재에 충실하려 했는데
실 천하기가 너무 힘들어

다들 그러더라고요.
'현재에 충실해라.'
'오늘을 소중히 해라.'
…

그래서 오늘은 일 끝나면
저만의 시간을 가지려고요.

아차, 야근이라네요.
내일로 미뤄야겠어요.

분명 마음먹은 일이 있었는데,
3일도 채 가지 않네요.

먹은 마음이
다 소화됐나 봐요.

공 책을 빼곡히 채워도
부 족함은 끝이 없네

배움에는 끝이 없다지만
언제나 끝나길 원해요.

부 족함 없이 키우자는 게
모 든 부모의 마음이리라

오늘 아침 엄마에게 짜증을 냈어요.
엄마는 아무 잘못 없는데도요.

저녁이 됐어요.
집에 돌아오니 제가 제일 좋아하는
무조림 냄새가 났어요.

엄마는 왜 무조림을 했을까요?
저는 엄마를 이해할 수 없어요.

과 연 결과가 중요할까?
정 말 중요한 건 따로 있어

과정이 갖는 의미는
그 끝을 넘어서죠.

제 발에 족쇄는 없는데,
갇힌 건 분명해요.

세
탁

제를 얼마나 부어야
한 세상 맑아지려나

세상에…. 더러운 때가 묻었어요.
지워지겠죠?

세제를 이만큼 넣으면 지워질까요?

네?
세제를 넣으면 세상이 오염된다고요?

몰랐어요. 정말이에요. 미안해요.

회의를 했어요.
떠오른 생각들을 말했는데,

상식적으로 말이 되냐고 되묻네요.
전 그저 상상력을 발휘했을 뿐인걸요.

월요일, 잘 견디셨나요?

수고했어요.

아 등바둥 짊어진 가족의 무게에
빠 르게 야위어가는 아버지의 삶

엄 살 한 번 못 피우고 살면서도
마 냥 자식새끼 잘 되기만 바라네

3장

인사 한 번도 연습해서 했었어. 마치 우연인 척

나를 잊지 말아요

시든 물망초마냥 축 처진 모습으로 나를 잊지 말아달라며 아련한 감정만을 머금은 당신은, 정작 본인 스스로가 '나'에 대해 잊고 살아가는 것은 아닌지 생각해봐야지 않을까요.

당신의 모든 감정이 당신의 그대를 향한다 해도, 결국 그 감정은 당신 곁을 떠돌 뿐 떠나지 못한 채 당신 안에 잠들겠죠. 미련이라는 감정으로요.

아무도 들어주지 못할 바람에 스스로 흔들리는 당신은 시들고 꺾여 잊히겠죠. 스스로에게.

그렇게 당신마저 버린 당신은 어디에도 묻히지 못하고

누구도 기억 못할 존재로, 아니, 존재조차 못하는 상태로
침대맡 어딘가에 버려졌던 감정들과 함께 흐느끼겠죠.

당신은 당신이 필요해요. 당신의 떨어지는 당신의 눈물
은 당신을 위한 비가 되고, 당신의 번지는 당신의 미소는
당신을 위한 빛이 되어 당신 안의 당신을 자라나게 만들
거예요. 당신이 다시 피어나도록.

그러니 당신은 당신을 잊지 말아요.

'나'를 잊지 말아요.
무엇보다, 누구보다 소중한 당신이니까요.

거 꾸로 보이는 저 세상에서는
울 고 싶은 마음마저 거꾸로이기를

울면서 거울을 봤는데,

맙소사!
거울 속에 제가 또 울고 있잖아요!

슬픔이 배가 됐어요.

해변에서 주웠어요.
너무 예쁘지 않아요?
반짝이는 게 꼭 보석 같아요.

당신이 가져요.
나보다 더 잘 어울려요.

혹시, 그 돌도 갖고
저도 갖지 않을래요?

당신한테 잘 어울려요.

금 방이라도 생각나는 것 보면
단 순했던 사이는 아닌가 봐

끊은 지 좀 됐어요.
처음 며칠은 괜찮았는데,
시간이 지날수록 더 괴롭더라고요.

아, 또 손끝부터 떨려오네요.

당신이 필요해요.

저 정말 멀쩡해요.

사람들이 그러는데, 그녀는 제게 독이 될 거래요.

저도 알아요.

알면서 왜 아직 같이 다니느냐고요?

음… 아직 괜찮으니까요.

그런데 있잖아요. 그녀 정말 예쁘지 않아요?

먼 젓번에 미련 다 털어냈는데
지 금 와서 달라붙으면 어쩌잔 거야

그렇게 작은 티끌 하나에도
마음이 무거워지네요.

물이라도 뿌리면 잠잠해질까요?

얼마나 지난 일인진 모르겠어요.
그땐 상처를 많이 받았었죠.
지금은 괜찮아요.

그런데 잊히지가 않아요.
흉터를 보면 생각이 나거든요.

음…
저 괜찮은 거 맞죠?

차 라리
단 답이라도 해

제 마음을 표현했는데,
1이 사라지지 않네요.

일이 있나 봐요.

항상 함께하던 짝을
잃어버렸어요.

혼자선 찢어진 마음
꿰맬 수 없는 거겠죠…?

제 곁을 떠날 거라고요?
아니, 이미 떠났다고요?

제겐 아직도 처음 봤던 당신
그대로인데,

당신을 어떻게 잊으라고요.
너무 가혹해요.

키 를 맞춰 서로를 바라보다
스 르륵 감긴 너의 눈이 내게 말을 해

눈 뜨지 말아요.
못 보겠어.

그 렇게 밀쳐내도
네 자리로 돌아와

살짝 밀었어요.
조금 밀려나더니
이내 제자리로 돌아오더라고요.

더 세게 밀었어요.

그렇게 떠나갈 줄 알았는데
제게 다시 돌아와 부딪히고는
제자리에 멈춰 서네요.

상처만 남았어요.

인 사 한 번도
연 습해서 했었어. 마치 우연인 척

안녕, 밥 먹었어? 어디가?

안녕, 요즘 뭐해? 날씨 좋다.

"안녕, 밥 어디가?"

…

아, 아니

"안녕, 요즘 좋다. 네가."

따뜻할 땐 그렇게 고소하더니

이내 상해버렸는지
응어리가 졌네요.

하 마터면 들킬 뻔했다
품 이 그리워 흘린 눈물인 것을

저 운 거 아니에요.
하품한 거예요.

제 진심이 뭐냐고요?

알아서 뭐하게요!
저리가요.

…

그렇다고 너무 멀리 가진 말고요.

예 쁜 줄은 알았지만
상 상 이상일 줄이야

눈을 감고
머릿속에 까만 도화지를 펼쳤어요.

온갖 색연필을 꺼내 당신을 그리는 중이에요.

상상력을 총 동원해 윤곽을 잡고
눈, 코, 입을 그렸어요.

이제 눈을 뜰 테니 당신이 나타나주세요.

잠깐만요, 당신!
왜 그렇게 생긴 거예요!

제 형편없는 그림과 비교되잖아요!

오늘은 청소를 할 거예요.
구석구석 깨끗이 닦고 정리하려고요.

정리를 다 하고 바닥을 보았는데,
아직 지워지지 않은 때가 보이네요.

그때는 왜 그랬는지 모르겠는데.

이거… 지워질까요?
아니면, 잊고 지내야 하는 걸까요.

결 정적으로 네가 꼭 필요해
혼 자선 내 삶을 채울 수 없거든

언제 마음먹은 건지
확실히는 말할 수 없지만

아마도 그때였을 거예요.

있잖아요, 당신이 내게 와서 안겼는데
비어 있던 품이 꽉 채워지는 느낌이었어요.

퍼즐이 완성된 느낌이랄까요.

음,
말하고 보니, 딱히 그때랄 것 없이 항상 그랬네요.

손 을 달라고 했어요
금 방 친해지고 싶었거든요

어디 보자,

음…

생명선이 기네요.

나랑 오래 살아요.

168

연 연하지 않는 게 편해
기 다린다고 돌아오지 않아

모락모락 피어날 땐
따뜻했어요.

한동안 신경을 못 썼는데,
시간이 얼마나 지난 건지

다시 돌아보았을 땐
이미 까맣게 타고 난 뒤였어요.

연기도 나지 않네요.

다 흩어졌나 봐요.

저 때문에 답답하대요.

제가 너무 꼭 끌어안았나 봐요.

조금은 멀어졌는데

괜찮아요, 추워지면 다시 찾아주겠죠.

소 홀해질 때쯤
중 요했단 걸 깨달아

뒤늦게 후회한들
소중한 사람 돌아올까요.

미 세하게 씰룩대는 입가의 감정이

소 리 없이 번져서 나에게 닿는다

연 이어 찾아온 우연으로
인 연이 되어버린 필연관계

장맛비를 기다리고 있어요.
지금 제게 필요하거든요.

오랜만에 내리는 단비는
마른 가슴을 적셔줄 거예요.

이번 장마는 조금 길었으면 좋겠어요.

쓸데없는 감정들 모두 쓸려 내려갔으면 하거든요.

천 사인 척 하는 사람입니까
사 람인 척 하는 천사입니까

당신,

사람 아닌 거 다 알아요.

따뜻하기만 할 땐
몰랐어요.

이렇게 데일지
이렇게 될지

택 한 건 나지만, 반긴 건 너였고
시 간에 쫓기듯 빠르게 달렸지. 다 왔어, 이제 그만 내릴게 안녕

저기 달려오네요.
손을 흔들었어요.

우리는 달리고 있어요.
주변보다 빨리요.

메스꺼워요. 어지러워요. 내려주세요. 걸어갈래요.
안녕히 가세요.

아차! 실수로 미련을 두고 내렸어요.
다시 잡을 수 없을까요?

실수하지 않으려고
준비 많이 했어요.

무슨 말을 해야 할지 모두 외웠어요.

저기 그녀가 오네요!

…

저, 제가 무슨 말을 하려고 했죠?

간직했던 만큼 모두 다
뱉어냈어요.

소 리도 없이
홀 연히 사라질 준비

쉿!
조용히 해요.
시끄러우면 옆 사람에게 방해가 되거든요.

네?
제 옆에 아무도 없다고요?

떠난 줄 몰랐어요.
제가 주변에 너무 소홀했나 봐요.

미 련 없이 돌아서려 했는데
아 무리 찾아봐도 나가는 길이 안 보여

오늘도 생각 깊숙한 곳에 빠졌는데,
당신이 있었어요.

이젠 잊고 싶어요. 나갈래요.

그런데, 어떻게 나가야 하죠?
갇혀버린 걸까요?

나 사가 빠진 건지
사 랑에 빠진 건지

어딘가,

고장 났나 봐요.

마음이 흔들려요.

그대. 태양을 피해 내 품에 안겨
늘 같은 자리에 서 있을 테니

줄곧 여기였어요.
제 마음은 여기에서 크고 자랐거든요.

이리와, 한 아름 안아주세요.

화 내지 말아요, 한 마디 한 마디가
살 을 파고들어 너무 아파

매번 어떻게 명중만 시키죠?

과녁 가운데가 상처투성이네요.
흉터가 겼어요.

눈 에 넣었던 우리의 추억들이
물 방울 가득 담겨 흘러내려, 주룩

추억들이 아른거려요.
내가 울어버린다고
추억들도 싹 달아나버리면 어쩌죠?

이런! 눈을 감았는데도,
눈물이 멈추지 않아요!
추억이 모두 달아나겠어요!

당신과 함께한다는 건 이렇게나 위험해요.

첫째, 눈이 부셔 앞을 못 봐요.

둘째, 빠져들어 헤어 나올 수 없어요.

셋째, 바보가 돼요.

그녀가 친구인 게 얼마나 좋은지 몰라요.

입맛도 비슷하고,
좋아하는 영화도 비슷하고,
취미도 비슷하고,
우울할 땐 같이 걷기도 해요.

음…
생각해보니까, 친구하기 싫어졌어요.

저 진짜 화났어요.

이번엔 쉽게 안 넘어갈 거예요.
전화 오면 큰소리치려고요.

마침 전화가 왔네요.

"여보세요! 나도 미안해!"
"그럼! 사랑하지!"

애 타게만 하니까
매 번 거기까지인 거야

'우리 어떤 사이야?'
라는 말에 대답을 흐렸어요.

나는 그녀가 좋은데
그녀가 날 좋아하는지
확신이 없었거든요.

정 지된 건 우리 사이뿐인데
전, 아무것도 볼 수 없네요.

그대 내게 빛이었기에.

이 렇게나 아픈데
별 거 아닌 척, 쿨한 척.

둘이 부딪혔는데
왜 나만 아픈 걸까요?

지구의 판이 갈라졌대요.
그래서 이렇게 흔들리는 거래요.

제가,
이 재앙을 감당할 수 있을까요?

일단 숨는 게 좋겠어요.

심장이 터질 것 같아요.
도망치는 중이거든요.

뭘 잘못했냐고요?
글쎄요.

생각해보니까,
훔친 건 그녀인데
왜 제가 도망치고 있는 거죠?

제 마음 돌려받으러 가야겠어요.

헤 어 나오기가 너무 힘들어
엄 살 아니고 발버둥이야

숨 쉬기가 힘들어요.
붙잡을 것도 없어요.

당신만이 구할 수 있는데,
당신은 오지 않네요.

밤에 흘린 눈물이
새벽 아침에 맺혔나 봐요.

향 기여— 가지 마라 일러도
기 다림 없이 떠나가네

어디선가 익숙한 향기가 나요.
맞아요. 그녀에게서 나던 향이에요.

이상하게 향기는 코로 맡았는데
머리와 가슴이 반응하네요.

다 잊은 줄 알았는데….

이 향도 곧 사라지겠죠?
그녀처럼.

연 한 마음 부러질라
필 요한 만큼만 깎아

나 지금,
흑심으로 가득 찼어요.

조심해요.
부러지는 순간 글씨가 거칠어지거든요.
무슨 말을 써넬지 몰라요.

정 떼려 한 게 언젠데,
지 금에야 멈춰 서네

마음도 관성의 법칙을
따르나 봐요.

경 제를 늦추지 않을 거야
찰 나의 순간도 놓치지 않게

제 옆에서
꼼짝 말아요!

그 러니까, 이제 그만해
만 번을 해도 똑같아

당신만 아프잖아요.

이제, 그만 아파요.

마 음을 알아내는 주문,
술 이 술이 마술이

그녀와

한잔 했어요.

입이 근질거려요.

감추었던 진심이 나오려고 해요.

그녀가 제게 무슨 주문을 건 거죠?

미 안하다는 말,
안 했으면 좋겠어

떠나가면서 제게 한 마디 하네요.
"미안해."

미안하다면서 왜 떠나려는 거죠?

미안해하지 말고
떠나가지도 않으면 안돼요?

제발요.

당 신이 불을 지폈으니
연 기가 나겠지

아니 땐 마음에
연기 날까요.

겨 우 참고 버텨왔는데
울 고 싶은 계절이 왔네

지난겨울의 추억이
얼어붙었는지,

여기에 멈춰 있네요.

초가 예쁘다고 물을 많이 주면
명 썩고 말 거야

그녀가 화분을 선물해줬어요.

꽃이 너무 예뻐요.

그녀가 생각날 때마다 물을 줬어요.

네?

물을 많이 주면 금방 썩을 거라고요?

잠깐만요! 저는 그녀를 생각한 것뿐인걸요!

꽃을 잃고 싶지 않아요.

생각을 조금 줄일게요.

퍼 져버린 기억의 조각들을 맞추는 건

즐 겁지만은 않아

복잡하고

머리도 아프고

그래요.

별 거 아닌 게 하나도 없어서
표 시해야 할 게 너무나 많아

당신을 구성한 모든 것이
특별해요.

피 곤 탓인지 너는 내게
부 드럽지 못해 거칠었다

우리 좀 건조해진 것 같아요.

눈물이
수분을 보충해주려는지
뺨을 타고 흐르네요.

오늘은 요리를 해볼 거예요
파스타에 넣을 마늘을 까고 있어요.

옛 생각이 나네요.

그녀가 해주던 파스타 참 맛있었는데….

앗, 갑자기 눈물이 나요.
마늘이 맵네요.

망 가진 가슴은
치 고 또 처도 못 고쳐

어제 삐져나온 못을 두들기다가
실수로 벽을 쳤어요.

보기가 안 좋아 못을 다시 뽑아냈는데
박혀 있던 자리가 비어서 더 흉해진 거 있죠.

그냥 가만히 있을 걸 그랬어요.
오늘따라 빈자리가 더 커 보이네요.

자 세히 알고 싶어서
습 관처럼 너를 외웠다

가장 좋아하는 과목을 펼쳤어요.
알면 알수록 재밌어요.

좋아해서 재밌는 건지
재밌어서 좋아진 건지는 모르겠어요.

이젠 그냥,
습관처럼 펼치네요.

가 슴 깊이 흥얼거릴
사 랑의 노랫말이 되어줘요

어디선가 익숙한 멜로디가 들려와요.

오랫동안 잊고 있던 노래인데,
나도 모르게 흥얼거리네요.

참 좋아했는데….
그때의 감정들이 입술 끝에 맴돌아요.

밤이 되면 이 노래만 들으며
잠들어야겠어요.

오늘은 무슨 꿈을 꾸게 될까요?

창 밖에 네가 서 있던데
문 득 바라보길 잘했다

화 창한 하늘에 당신이 떠올라
가 을의 색으로 당신을 그리네

小 년이 소녀에게 말했다
"설 령, 이 모든 게 거짓이래도 내 마음만큼은 진짜야."

소나기 읽어봤어요?

너무 슬프죠.
비에 맞은 탓인지 소녀가 아파서 죽잖아요.
남겨진 소년이 가여워요.

그런데 있잖아요, 그거 다 거짓말이래요.
소설이잖아요.

사실은 둘이 행복하게 살았대요.

버 정이 서 있는데
스 치듯 떠나가네

마냥 기다렸어요.
언제 올지는 몰랐거든요.

저 앞에서 신호를 기다리나 봐요.
곧 탈 수 있겠어요.

잠깐만요,
왜 그냥 지나치는 거죠?
여기 서 있는데….

손을 뻗지 않아서 그런 걸까요.

아니면 이미 다른 사람으로 가득 차 있던 걸까요.

'여백의 미'요?

당신이 없는데,
어떻게 아름답다고 말할 수 있을까요.

일부러 남긴 여백이 아닌걸요.
그냥 남겨진 여백이에요.

아직도 손에서 펜을 놓지 못했어요.
당신을 적으려고.

취 할 것 같은데, 혹시
향 수 뿌리셨어요?

제 취향이네요.
아, 향기 말고 당신이요.

아니 어쩌면, 향기로운 당신.

억지로 떼어내려 하면 흉 져요.

스스로 떨어질 때까지
반창고 붙여두고 잊으려 노력해보세요.

시간이 지나면 새살이 돋을 거예요.
물론, 더 이상의 아픔도 없을 테죠.

부 쩍 네 생각만 하게 됐는데
담 부턴 그러지 말라고 하네

처음엔 원망했어요.
죄가 있다면 잘해준 것뿐인데 말예요.

시간이 지나니 알겠더라고요.
그녀만 생각한 건 내 감정을 채우기 위한
이기적인 행동이었다는 것을요.

무엇이든 과하면 탈난다는 말이
결코 사랑은 예외일 것이라 생각했어요.

제가 원하는 대로 해석한 거죠.

이미 '무엇이든'이라는 말에
예외 없음이 전제되었다는 것을 무시한 거죠.

결국 사랑도 과하면 탈이 나네요.

매미소리가 들리려던 찰나의 초여름, 하릴없이 카페에 앉아 '생각'에 빠져 있던 중 문득 재미있는 놀이가 떠올랐어요. 단어의 의미를 이행시로 지어보는 것이지요. 순간적으로 카페의 구석구석을 훑으며 보이거나 떠오르는 단어들을 노트에 받아 적었어요. '커피, 오늘, 시작….'

처음 이행시를 쓰는 동안엔 '글짓기'라는 생각을 못했어요. 그저 시시한 말장난이라 여겼거든요. 두 줄의 문장들이 '시'의 모습으로 사람들에게 보인 건 친구들 덕분이에요. 재미삼아 보여주었는데 시시하지 않다며 본격적으로 써보라고 용기를 주었죠.

활동을 시작하면서 '시시한 사람의 시'라는 이름을 붙였어요. 짧게 '시시한 시'가 아니라, 구태여 길게 덧붙여 말하기도 어려운 '시시한 사람의 시'인 이유는 제 스스로가 '시시한 사람'이었기 때문이에요.

'시시한 사람이 쓴 글도 시시하지 않을 수 있구나.', '시시한 사람이 하는 생각이 모두 시시한 건 아니구나.'라는 나름의 바람이 섞인 이름이었지요.

시시하기만 하던 제가 글로 누군가에게 힘을 줄 수 있게 된 것은 기적과도 같은 일이에요. 이 모든 것이 처음 용기를 주었던 친구들이 없었다면 불가능했겠죠. 아직도 그때 했던 친구들과의 대화를 잊지 못해요. 그리고 항상 제 마음 한쪽에는 감사함이 자리 잡고 있습니다.
그래서 이런 다짐을 합니다.

한낱 시시한 사람도 꾸준히 하면 무슨 일이든 하겠거니,
한낱 시시한 사람도 용기를 얻으면 세상을 바꾸겠거니.

그런 마음을 갖고, 제가 받았던 용기처럼 누군가에게 용기가 될 수 있는 글을 쓰겠습니다.

마치며,

시작할 수 있게 해준 정수, 다은, 한길, 그리고 활동하는 내
내 용기를 주었던 〈시시한 사람의 시〉 독자 여러분께 감사
드립니다.

감사합니다.